SandCastle™

Cuentos de Animales

Las orejas del conejo

Kelly Doudna

Illustrated by C.A. Nobens

Translation by Lourdes Flores-Hanson, M.S.E.

Consulting Editors

Janna Reuter, M.A. Applied Linguistics, Gloria Rosso-White,
Cathy Camarena, M.Ed.

ABDO
Publishing Company

Published by ABDO Publishing Company, 4940 Viking Drive, Edina, Minnesota 55435.

Printed in the United States.

Credits
English Consulting Editor: Diane Craig, M.A./Reading Specialist
Spanish Language Editorial Team: Janna Reuter, M.A. Applied Linguistics, Anita Constantino, Lourdes Flores-Hanson, M.S.E., Elba Marerro, Gloria Rosso-White
Curriculum Coordinator: Nancy Tuminelly
Cover and Interior Design and Production: Mighty Media
Photo Credits: AbleStock, Corbis Images, Corel, Creatas, Kelly Doudna, Eyewire Images, Photodisc

Library of Congress Cataloging-in-Publication Data

Doudna, Kelly, 1963-
  [Rabbit ears. Spanish]
  Las orejas del conejo / Kelly Doudna ; illustrated by Cheryl Ann Nobens.
    p. cm. -- (Realidad y ficción. Cuentos de animales)
  Summary: When Carlos the rabbit tucks his ears under a hat to do better at playing hide-and-seek, he also finds it easier to avoid danger. Includes facts about rabbits.
  ISBN-10 1-59928-669-6 (hard cover)
  ISBN-10 1-59928-670-X (soft cover)

  ISBN-13 978-1-59928-669-3 (hard cover)
  ISBN-13 978-1-59928-670-9 (soft cover)
  [1. Rabbits--Fiction. 2. Spanish language materials.]   I. Nobens,
C. A., ill. II. Title. III. Series.
PZ73.D6649 2006
[E]--dc22
                                                                                      2006009713

SandCastle Level: Transitional

SandCastle™ books are created by a professional team of educators, reading specialists, and content developers around five essential components—phonemic awareness, phonics, vocabulary, text comprehension, and fluency—to assist young readers as they develop reading skills and strategies and increase their general knowledge. All books are written, reviewed, and leveled for guided reading, early reading intervention, and Accelerated Reader® programs for use in shared, guided, and independent reading and writing activities to support a balanced approach to literacy instruction. The SandCastle™ series has four levels that correspond to early literacy development. The levels help teachers and parents select appropriate books for young readers.

Emerging Readers
(no flags)

Beginning Readers
(1 flag)

Transitional Readers
(2 flags)

Fluent Readers
(3 flags)

These levels are meant only as a guide. All levels are subject to change.

REALIDAD Y FICCIÓN

Esta serie provee a los lectores principiantes que leen con fluidez con la oportunidad de desarrollar estrategias de comprensión de lectura y aumentar su fluidez. Estos libros son apropiados para la lectura guiada, compartida e independiente.

REALIDAD. Las páginas a la izquierda incorporan fotografías reales para aumentar el entendimiento de los lectores del texto informativo.

FICCIÓN. Las páginas a la derecha involucran a los lectores con un cuento entretenido y narrado el cual es apoyado con ilustraciones llenas de imaginación.

Las páginas de Realidad y Ficción pueden ser leídas por separado para mejorar la comprensión a través de preguntas, predicciones, inferencias y resúmenes. También pueden ser leídas lado a lado, en partes, lo cual anima a los estudiantes a explorar y examinar diferentes estilos de escritura.

¿REALIDAD O FICCIÓN? Este divertido examen corto ayuda a reforzar el entendimiento de los estudiantes de lo que es real y lo que es ficción.

LECTURA RÁPIDA. La versión que incluye solamente el texto de cada sección incluye reglas de conteo de palabras para la práctica de fluidez y para propósitos de evaluación.

GLOSARIO. El vocabulario de alto nivel y los conceptos son definidos en el glosario.

SandCastle™ would like to hear from you.

Tell us your stories about reading this book. What was your favorite page? Was there something hard that you needed help with? Share the ups and downs of learning to read. To get posted on the ABDO Publishing Company Web site, send us an e-mail at:

sandcastle@abdopublishing.com

3

Los conejos son más activos al amanecer y al anochecer. Durante el día, descansan en lugares escondidos.

El Conejo Carlos quiere ver televisión. La imagen está borrosa, así es que él juguetea con la antena interior. "Eso no ayudó," dice. "Voy entonces afuera a jugar."

Los conejos salvajes comen zacate y ramas
pequeñas. También comen hortalizas y flores.

Lista
de compras

☐ zanahorias
☐ leche
☐ cereal

Dentista
lunes

MAMI
HECHO POR CARLOS

LECHE

PASAS
DE UVA

Carlos pasa por la cocina de camino al patio. "Voy a comer un bocadillo primero," piensa. Él mordisquea unas pasas y una naranja.

Los conejos salvajes viven a las orillas de los bosques y los campos o en cualquier otro lugar con maleza.

Carlos se encuentra con sus primos de orejas caídas, Berta, Bianca y Beto. Ellos están jugando a la orilla del bosque. "¡Hola Carlos!" le gritan. "¿Qué tal si jugamos a las escondidas?"

9

Los conejos tienen un oído excelente, y la mayoría tiene orejas largas. Algunos conejos domésticos tienen orejas que cuelgan, u orejas caídas.

"Eres afortunado de que tus orejas cuelgan. Las mías son paradas, así es que siempre me encuentras rápido," se queja Carlos. "Pero aún así es divertido jugar." Bianca empieza a contar, "Uno, dos, tres …"

El conejo salvaje más común es el conejo cola de algodón. Ellos son de color café-grisáceo y tienen colas blancas y peludas.

Carlos corretea a la huerta. "¿Cómo puedo esconder mis orejas?" se pregunta. El espantapájaros lo escucha. "Usa mi sombrero," le ofrece. Carlos se lo pone. "¡Funciona!" exclama.

13

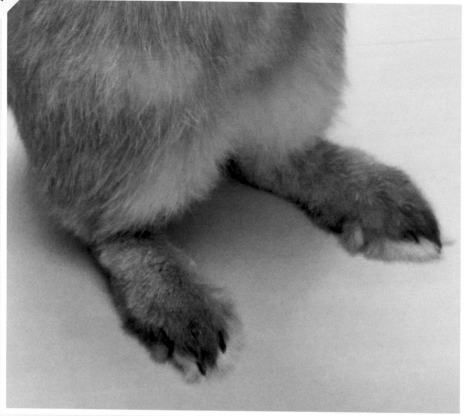

Los conejos tienen patas traseras largas. Ellos golpean el suelo con sus patas traseras para advertirles a otros conejos cuando hay peligro.

Carlos espera, pero nadie lo encuentra. Está casi listo para regresarse cuando escucha a uno de sus primos golpeando el suelo. ¡Carlos ve un perro grande que camina directamente hacia él!

Cuando hay peligro, el conejo va a alejarse corriendo o se congelará donde está. Los conejos pueden estar completamente quietos por largo tiempo.

Carlos piensa, "¡Oh no! ¡Ese perro verá mis orejas!" Entonces recuerda que trae puesto el sombrero del espantapájaros. Se queda muy quieto hasta que el perro se va.

Los ojos del conejo están a los lados de su cabeza. Los conejos pueden mirar en todas las direcciones.

Cuando es seguro, Carlos salta de regreso adonde están sus primos. Beto le pregunta, "¿Viste el perro?"

Carlos sonríe y responde, "Sí, pero mis orejas de conejo estaban caídas."

"¿Qué quieres decir?" le pregunta Berta.

"El espantapájaros me dio su sombrero. ¡El perro no me pudo encontrar y tampoco ustedes! ¡Juguemos tocadas!" Carlos dice con una sonrisa.

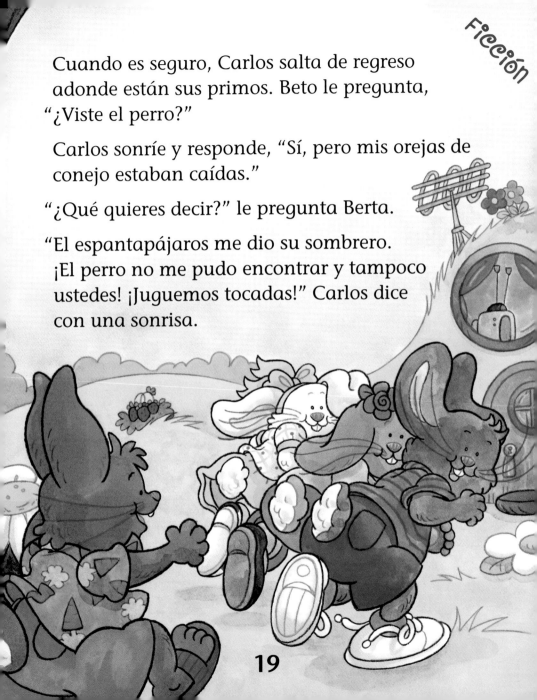

¿REALIDAD o Ficción?

Lee cada una de las siguientes oraciones. ¡Luego decide si es de la sección de REALIDAD o Ficción!

1. Los conejos miran televisión durante el día.

2. El conejo salvaje más común es el conejo cola de algodón.

3. Los conejos usan sombreros para mantener sus orejas hacia abajo.

4. Los ojos de un conejo están a los lados de su cabeza.

RESPUESTAS

1. ficción 2. realidad 3. ficción 4. realidad

Los conejos son más activos al amanecer y al anochecer. 10
Durante el día, descansan en lugares escondidos. 17

Los conejos salvajes comen zacate y ramas pequeñas. 25
También comen hortalizas y flores. 30

Los conejos salvajes viven a las orillas de los bosques y 41
los campos o en cualquier otro lugar con maleza. 50

Los conejos tienen un oído excelente, y la mayoría tiene 60
orejas largas. Algunos conejos domésticos tienen orejas que 68
cuelgan, u orejas caídas. 72

El conejo salvaje más común es el conejo cola de 82
algodón. Ellos son de color café-grisáceo y tienen colas 92
blancas y peludas. 95

Los conejos tienen patas traseras largas. Ellos golpean el 104
suelo con sus patas traseras para advertirles a otros conejos 114
cuando hay peligro. 117

Cuando hay peligro, el conejo va a alejarse corriendo o 127
se congelará donde está. Los conejos pueden estar 135
completamente quietos por largo tiempo. 140

Los ojos del conejo están a los lados de su cabeza. Los 152
conejos pueden mirar en todas las direcciones. 159

21

El Conejo Carlos quiere ver televisión. La imagen   8
está borrosa, así es que él juguetea con la antena   18
interior. "Eso no ayudó," dice. "Voy entonces afuera a   27
jugar."   28

Carlos pasa por la cocina de camino al patio. "Voy   38
a comer un bocadillo primero," piensa. Él mordisquea   46
unas pasas y una naranja.   51

Carlos se encuentra con sus primos de orejas   59
caídas, Berta, Bianca y Beto. Ellos están jugando a la   69
orilla del bosque. "¡Hola Carlos!" le gritan. "¿Qué tal   78
si jugamos a las escondidas?"   83

"Eres afortunado de que tus orejas cuelgan. Las   91
mías son paradas, así es que siempre me encuentras   100
rápido," se queja Carlos. "Pero aún así es divertido   109
jugar." Bianca empieza a contar, "Uno, dos, tres …"   117

Carlos corretea a la huerta. "¿Cómo puedo   124
esconder mis orejas?" se pregunta. El espantapájaros   131
lo escucha. "Usa mi sombrero," le ofrece. Carlos se lo   141
pone. "¡Funciona!" exclama.   144

Carlos espera, pero nadie lo encuentra. Está casi   152
listo para regresarse cuando escucha a uno de sus   161
primos golpeando el suelo. ¡Carlos ve un perro grande   170
que camina directamente hacia él!   175

Carlos piensa, "¡Oh no! ¡Ese perro verá mis orejas!"   184

Entonces recuerda que trae puesto el sombrero del
espantapájaros. Se queda muy quieto hasta que el perro
se va.

Cuando es seguro, Carlos salta de regreso adonde
están sus primos. Beto le pregunta, "¿Viste el perro?"

Carlos sonríe y responde, "Sí, pero mis orejas de
conejo estaban caídas."

"¿Qué quieres decir?" le pregunta Berta.

"El espantapájaros me dio su sombrero. ¡El perro no
me pudo encontrar y tampoco ustedes! ¡Juguemos
tocadas!" Carlos dice con una sonrisa.

GLOSARIO

amanecer. el tiempo del día cuando el cielo se pone más claro y el sol se levanta

anochecer. el tiempo del día cuando el cielo se pone más oscuro y el sol se acuesta

congelarse. ponerse completamente inmóvil

orejas caídas. tener orejas que caen

espantapájaros. un maniquí, usualmente de forma humana, el cual es puesto en un campo o huerta para espantar lejos de los sembrados a los cuervos y otros pájaros

To see a complete list of SandCastle™ books and other nonfiction titles from ABDO Publishing Company, visit www.abdopublishing.com or contact us at: 4940 Viking Drive, Edina, Minnesota 55435 • 1-800-800-1312 • fax: 1-952-831-1632